Le Bibliomane.

N.º II

Inter præcipuos pars est mihi reddita stultos
Prima, rego docili vastaque vela manu.
En ego possideo multos, quos raro libellos
Perlego, tum lectos negligo, nec sapio.
Seb. Brant. Stultif. Navis.

LONDRES:

TRÜBNER & C.ᴵᴱ., PATERNOSTER ROW.

1861

1 Janvier 1861.

Le Bibliomane.

N°. I.

Inter præcipuos pars est mihi reddita stultos
Prima, rego docili vastaque vela manu.
En ego possideo multos, quos raro libellos
Perlego, tum lectos negligo, nec sapio.
Seb. Brant. Stultif. Navis.

LONDRES:

TRÜBNER & CIE., PATERNOSTER ROW.
1861.

LE BIBLIOMANE.

PREFACE.

Paris, Novembre 1860.

N me dit, Monſieur, que vous avez l'intention de publier de tems en tems une ſorte de recueil deſtiné à nous faire connaître ſur le continent les tréſors bibliographiques de la littérature anglaiſe, et *vice verſâ.* Œuvre ingrate, Monſieur, et qui n'intéreſſe guère dans le tems où nous vivons ; aventure haſardeuſe, et que je ne me ſoucierais pas de tenter pour mille et une raiſons. D'abord je vous défie de trouver à Londres un imprimeur qui n'aſſaſſine pas votre français à faire trembler tous les bibliomanes préſents et futurs. Prenez, en effet, les derniers ouvrages bibliographiques ſortis des meilleures imprimeries de Londres, et vous verrez quelles balafres impitoyables on y inflige à la langue de Jacques Amyot et de Georges Sand.

En bibliographie, vous le ſavez, les noms et les dates font choſe ſacrée, le titre d'un livre eſt auſſi inviolable qu'un monarque conſtitutionnel. Mais, cherchez, par exemple, dans les *Treaſures of Art in Great Britain*, du Dr. Waagen, la date du *Speculum* imprimé par Veldener, et vous trouverez qu'il la vieillit de quarante ans, la faiſant remonter à 1443, c'eſt à dire à l'epoque des

B

premières tentatives de Guttemberg. Le Dr. Waagen, il eſt vrai, n'a pas la prétention de paſſer pour un biblio-graphe, et cette erreur dans ſon livre n'a pas de graves conſéquences. Je n'en dirai pas autant des trois énormes volumes in-4to. auxquels M. Sotheby donne le titre de *Principia Typographica*, et où l'auteur entaſſe Pélion ſur Ossa en fait d'erreurs typographiques, d'inexaĉtitudes, d'hypothèſes aventurées, et de mépriſes incroyables, tranchant avec un aplomb ſi ſuperbe les queſtions dou-teuses, et défigurant avec un ſangfroid ſi barbare tous les noms étrangers qui lui tombent ſous la main.

En liſant les *Principia Typographica*, vous avez reconnu ſans doute qui était M. Anſkedy, le célèbre imprimeur de Harlem, et M. Browe, le conſervateur de la galerie du Prince d'Arenberg. Les qualités qui accompagnent les noms ont pu vous faire deviner M. Enſchedé et M. de Brou ; mais pourriez-vous dire qui eſt M. Koi de la Haye, M. S. M. Koi, dont le lithographe s'appelle Spanrer ? Sous la rubrique *Horarium*, Index du troiſième volume, M. Sotheby cite "les Monuments typographiques des Pays-bas publiés par M. J. W. Holtrop, *établiſſement litho-graphique M. de E. Spanrer, lithographe de S. M. Koi.*" Intrigué de la diſpoſition de cette phraſe, je me ſuis pro-curé la publication de M. Holtrop, et j'ai vu que l'éta-bliſſement annoncé, était celui de M. Spanier, lithographe du Roi de Hollande—de S. M. le Roi, dit le titre.

Je m'arrête : c'eſt à Paris qu'il faut publier votre *Biblio-mane.* Vous ne vous occuperez bien entendu ni de politique, ni d'économie politique, ni de finances, ni de religion ; vous ne toucherez point aux noms hiſtoriques dont les porteurs actuels ſont aussi chatouilleux ſur l'hon-neur de leurs ancêtres que les héritiers de Mgr. Rouſſeau ou de Mgr. Raillon ; rien, par conſéquent, ne vous em-pêche de vous faire imprimer à Paris avec la licence et

fous la furveillance paternelle de l'autorité. . . *cum per-
miffione fuperiorum.*

Si vous n'avez pas été quelque peu marchand de parti-
cipes, soyez fûr que le compofiteur parifien fe chargera
par charité chrétienne de corriger vos fautes d'ortographe,
tandis qu'à Londres, vous aurez beau relire épreuves fur
épreuves, votre profe ne paraîtra jamais sans quelque
accroc plus ou moins fâcheux. Malheureufement, je crains
de prêcher dans le défert, parçeque vous paraiffez réfolu
de tenter outre-Manche une aventure dont je voudrais
pouvoir vous détourner.

Si vous n'êtes pas né pour le moins entre deux cafiers
de bibliothèque, ou fi dans la fleur de votre jeuneffe vous
n'avez pas, comme notre ami le bibliophile Jacob, paffé
pour un vieillard courbé fous le poids des années et d'une
incurable bibliomanie, comment oferez-vous aborder le
fanctum fanctorum des *incunabula typographica,* et traiter
ex profeffo des queftions où tant d'habiles gens ont commis
et commettent chaque jour les plus impertinentes bévues ?

Franchement, je crains bien que vous n'acceptiez là une
tâche au-deffus de vos forces. D'ailleurs je vous connais
un tel faible pour les caufes perdues, que je vous crois
capable d'époufer les prétentions absurdes de Harlem
contre Mayence. Croyez-moi, ne vous jetez pas dans
cette querelle, aujourd'hui recrudefcente, avant que M. T.
O. Weigel de Leipzig n'ait publié les témoignages acca-
blants qu'il a fi heureufement et fi laborieufement accu-
mulés dans une collection fans égale, contre la caufe
défendue par M. de Laborde, et M. Bernard, et M. Paeile,
et toute la phalange des bibliographes hollandais.

En fomme, fi vous échouez miférablement dans votre
œuvre, vous ne pouvez pas dire que les confeils de vos
amis vous auront manqué. Je me fais un devoir d'y
joindre ma proteftation de   BIBLIOPHILE.

W. CAXTON ET SHAKESPEARE—WYNKYN DE WORDE ET LES LIVRES DE ST. ALBANS.

MONSIEUR LE BIBLIOMANE,

Nous qui connaiſſons Caxton preſque auſſi bien que Shakeſpeare, quoique le premier ait traduit nos livres il y a quatre cents ans, tandis que nous eſſayons depuis cinquante ans, à peine de traduire ceux du ſecond,—nous voudrions ſavoir pourquoi Shakeſpeare s'eſt permis d'enlever à Caxton la gloire d'avoir introduit la typographie en Angleterre? Vous ne pouvez nier que le grand poëte ait trahi l'illuſtre prototypographe de Weſtminſter, car dans la tragédie de Henry VI, il met les paroles ſuivantes dans la bouche de Jack Cade, s'adreſſant à Lord Say :

" Thou haſt moſt traitorouſly corrupted the youth of
the realm, in creating a grammar ſchool; and whereas
before, our forefathers had no other book but the ſcore
and the tally; thou haſt cauſed PRINTING to be uſed; and
contrary to the king, his crown and dignity, thou haſt
built a paper mill."—*Henr. VI*, Part II, sc. 7.

Certes, Shakeſpeare, qui place des lions dans la forêt
de l'Ardenne, ne ſe gêne pas pour fauſſer l'hiſtoire ancienne et moderne quand cela convient aux néceſſités de
ſon drame; mais ici, qu'avait-il beſoin d'introduire la typographie en Angleterre sous le règne de Henry VI ?

En mettant ce langage dans la bouche de l'inſurgé
Cade, Shakeſpeare entend bien donner à l'apoſtrophe le
caractère d'une contre-vérité; il veut ſans aucune doute
faire honneur au Lord-Tréſorier Say d'avoir introduit en
Angleterre et l'imprimerie et la fabrication du papier.
Il s'agit seulement de ſavoir ſi le poëte place avec intention ces deux évènements sous le règne de Henry VI,
soit pour ſe conformer à la tradition qui régnait de ſon
temps, ſoit parcequ'il ignorait les particularités de la vie
de W. Caxton.

Dans cette dernière hypothèſe, Shakeſpeare n'aurait
donc jamais eu ſous les yeux le fameux *Recuyell of the
Hiſtoryes of Troye*, in-folio, ſans date, mais dans lequel
Caxton annonce qu'il a traduit ce livre par l'ordre de
Marguerite, Ducheſſe de Bourgogne, de Lorraine, de
Brabant, etc., et qu'il l'a terminé à Cologne le 19 Sep-
tembre 1471. Or, comme à cette époque, Caxton n'était
pas rentré en Angleterre qu'il avait quittée vers 1440, il
en réſulterait, s'il faut croire Shakeſpeare, que l'imprimerie aurait été importée dans les îles britanniques par un
autre que Caxton. En effet, Edward IV succédant à
Henry VI, était monté ſur le trône dès 1461, c'eſt à dire
plus de dix ans avant le retour de Caxton.

Eft-ce la tradition qui a égaré Shakefpeare ? En réalité exiftait-il à la fin du feizième fiécle une tradition relative à l'introduction de l'imprimerie en Angleterre ? Cela pourrait bien être ; et cette tradition erronée, partiale, aurait fervi de bafe à ce que les bibliographes anglais appellent le roman d'Atkyns, comme les bibliographes allemands appellent la tradition Cofter : le roman de Junius.

Maintenant, Monfieur le Bibliomane,—et c'eft là l'objet principal de ma lettre,—Le récit d'Atkyns eft-il réellement un conte à dormir debout ou bien un titre de plus à l'appui des prétentions de Harlem ? Caxton a-t-il bien et duement la gloire d'avoir introduit la typographie en Angleterre ? Un certain nombre de bibliophiles continentaux qui jurent par Atkyns, croient encore à Corfellis, ou prétendent que le maître d'école de St. Albans a autant de droits, sinon des titres auffi nombreux, que Caxton, à la reconnaiffance des bibliomanes anglais. Quant aux Allemands, vous favez leur opinion : ils ne fe cachent pas pour la dire : c'eft l'Allemagne qui a inventé la gravure sur bois et la typographie, et ce font des Allemands qui ont repandu l'une et l'autre dans le refte de l'Europe. A ce titre ce serait Théodoric Rood de Cologne qui aurait introduit le premier l'imprimerie à Oxford, et par conféquent en Angleterre, puifque l'*Expofitio Sti. Jeronimi* de 1468 eft évidemment compofée avec fes types.

J'efpère que dans un prochain numéro vous aurez la bonté de nous dire votre opinion fur le livre quafi-officiel d'Atkyns. En outre, nous ferions charmés fur le continent d'avoir quelques détails fur ce *fchoolmafter* de St. Albans, contemporain et rival de Caxton, qui publia le premier en 1486, fol., le curieux livre de *Juliana Barnes, Bernes,* ou *Berners,*—on ne fait pas au jufte,—qui fut abbeffe du couvent de Sopwell. Il paraît que cette

maîtreffe femme, chantée par Leland, ne fe bornait pas à
dire fon rofaire, et fe livrait, comme les évêques de l'époque, à des plaifirs et des travaux quelque peu profanes.
Un *sportfman* de nos jours ne défavouerait pas le titre de
fon livre : **The bokys of Hawkyng and Hunting and also
of Coat Armuris;** car la pieufe abbeffe ne craint pas de
traiter à la fois de la chaffe au vol, de la chaffe à courre,
de la pêche et du blafon dans le même volume.

Le livre de St. Albans n'a pas de titre : et comme il
commence par ces mots : **In so moche that gentill men and**

honest persones haue grete delite in haukyng, &c., Sir
Henry Chauncy s'eft plaifamment imaginé que l'imprimeur
inconnu de St. Albans s'appelait John Somoche.

Ce livre ne contient pas de gravures ; mais la gravure qui précède, fervant de frontifpice à l'édition publiée par W. Copeland, fans date, in-4to, n'eft que la copie de celle qui orne le verso du titre de la deuxième édition imprimée par Wynkyn de Worde en 1496, in-fol. : feulement dans l'original il n'y a qu'un feul oifeau qui s'envole au-deffus de la tête des garde-chaffes qui amènent le pauvre braconnier de fauconnerie devant le seigneur.

Cette différence n'eft point auffi futile qu'elle vous paraît peut-être ; car voici où je veux en venir ; les graveurs primitifs ont fouvent copié les ouvrages de leurs prédéceffeurs avec une fidélité fi grande qu'il eft quelquefois impoffible de diftinguer l'original de la copie. En ce cas, évidemment les fautes que la main inexpérimentée du premier artifte a commifes, sembleront donner, à défaut d'autres renfeignements, la feconde place à l'original, et la première à la copie.

. Si, par exemple, on n'avait pas d'autres données pofitives sur la date de l'édition de Wynkyn de Worde et celle de Copeland, on ferait tenté de croire que la feconde à précédé la première ; parcequ'on fupposerait que le bois qui a deux oifeaux a fourni les premières épreuves, et celui qui n'en à qu'un lés dernières, tandis que le contraire est vrai.

Mais cette lettre étant déjà bien longue, je vous demande la permiffion de remettre à un prochain numéro ce qui me reste à vous dire fur ce fujet.

BIBLIOLATRE.

Paris, Novembre 1860.

P.S. Dibdin a prouvé, dans fes *Antiquités typographi-*

ques,[1] que le portrait de Caxton, deffiné par W. Faithorne pour Sir Hans Sloane, n'était qu'une impudente copie de celui du Burchiello, reproduit dans la Zucca du Doni ;[2] il a montré comment Bagford, peu fatisfait de la figure hétéroclite du Burchiello, avait brodé sur le deffin de Faithorne, et décoré ce prétendu portrait d'une chevelure et d'une barbe ; il s'eft moqué avec raifon d'Ames[3] et de fon continuateur Herbert,[4] qui placent, en tête de leur article fur Caxton, l'œuvre fantaftique de Bagford, en retranchant le nom de ce graveur, et plus loin la face patibulaire que Faithorne avait donnée au père de l'imprimerie anglaife. Eh bien ! cela n'empêche pas que, dix ans après le livre de Dibdin, un autre bibliographe[5] ne reproduife jufqu'à trois fois ce portrait du Caxton barbu—dont une copie renverfée est en tête de cette lettre—tout en conftatant qu'il n'eft pas authentiqué. On conçoit que Profper Marchand[6] l'ait introduit dans le frontispice de fon *Origine de l'Imprimerie* sur la foi de Lewis, dont la vie de Caxton venait de paraître ; mais il faut efpérer que perfonne n'ofera déformais faire revivre une myftification qui a duré près d'un siécle avant d'être découverte.

Le portrait de Wynkyn de Worde a été l'objet d'une fraude analogue pratiquée par ce même Faithorne, propagée de même par Ames et Herbert, et démafquée par leur continuateur Dibdin. A défaut des portraits authentiques de Caxton et de fon fucceffeur, nous ferions curieux de trouver dans *Le Bibliomane* leurs marques typographiques, et quelques unes des gravures fur bois

---

[1] London, 1810, 4to, vol. i, pp. lxxiii et cxxviii.

[2] Le Baie del Doni, p. 57. Venezia, 1551, 8vo.

[3] Typographical Antiquities. London, 1749, 4to., pp. 1 & 54.

[4] Typographical Antiquities. London, 1785, 4to., vol. i, pp. 1 & 71.

[5] Typographia, or the Printer's Inftructor, by J. Johnfon. Lond. 1824, in 18mo.

[6] Hiftoire de l'Origine de l'Imprimerie. La Haye, 1740, 4to.

dont ils ont illuftré leurs livres. Mais il faudrait éviter autant que poffible les réductions dans le genre de la gravure suivante, qui ne peut donner néceffairement qu'une idée imparfaite du cavalier que l'on retrouve dans le fameux **Game of the Chesse** de W. Caxton, fous le titre du quatrième chapître du fecond livre : "**The fourth chapytre of the second booke, which treteth of the ordre of chebalrye and knighthoode.**"

LES MARQUES DU PAPIER.

OUS les bibliographes fe croient encore obligés de perdre leur tems à l'examen des marques du papier employé à l'impreffion des incunables. Cet examen cependant n'eft utile, indifpenfable, que lorsqu'il s'agit de confta-

ter fi un livre précieux n'a pas été complété par la main du *truqueur*, et ne contient pas d'habiles fac-similes intercalés entre les feuillets originaux. Je vous demande bien pardon du néologisme mal-sonnant que je viens d'écrire, mais il exprime une induftrie inconnue aux maîtres de la langue française, induftrie que la biblio-manie a malheureusement engendrée ; et je ne puis trouver dans le dictionnaire de l'Académie aucune ex-preffion équivalente pour rendre ma penfée.

Donc, la marque du papier, à défaut d'autre indication, peut déceler dans un livre les interpolations de mauvais aloi. Cependant il ne faudrait pas trop s'y fier, car le *truqueur* imite parfois cette marque avec une fcélérateffe diabolique. Tantôt avec la pointe du grattoir il enlève une légère couche de papier sous le çalque de la marque qu'il a deffinée d'avance avec un crayon ; tantôt avec la pointe d'un blaireau impregné d'huile il donne une transparence factice au tracé de cette marque. C'est ainfi que dans un livre xylographique, il m'est arrivé de prendre un fac-fimile pour une feuille ori-ginale, jusqu'à ce que, regardant atten-tivement la marque du papier, qui était le P gothique ci-contre, je remarquai qu'elle était placée sur une ligne oblique aux *pontuseaux ;* tandis que le reste des marques était parfaitement perpendicu-laire aux *vergeures.*

Je n'ai pas befoin d'expliquer ici ce que nous entendons en France par ces deux mots *pontuseaux* et *vergeures ;* car tout le monde fait que le premier indique les lignes blanches que laiffent sur le papier *vergé* les fils de laiton perpendiculaires, à un pouce environ l'un de l'autre, qui maintiennent à leur place les fils beaucoup plus ferrés, horizontaux, des vergeures ; tandis que ceux-ci sont difposés fur le cadre du papetier, de façon à retenir la pâté néceffaire à la formation de la feuille, en ne laiffant échapper que l'eau superflue ou la pâte qui n'a pas la confiftance voulue.

Mais pour en revenir aux marques du papier : il est certain que ces marques ne peuvent donner la moindre indication quant à l'origine d'un livre *fine loco, anno, et typogr. notâ.* D'abord, perfonne n'a encore conftaté d'une manière fatisfaifante où furent établies les premières papeteries à l'époque où le papier commença à remplacer le parchemin. Ensuite, quand même on établirait, comme l'affirme M. Scheltema, sans en donner de preuves, que le papier était fabriqué en Brabant, nous n'en ferions pas

plus avancés, car le nombre des papeteries étant néceffairement fort restreint pendant le quinzième fiécle, il eft probable que leurs produits furent diffeminés par le commerce partout où la production des manufcrits d'abord, puis des livres imprimés, était fubordonnée à l'arrivée plus ou moins rapide, plus ou moins économique du papier.

C'est ainfi qu'on rencontre le P gothique ci-deffus et l'écu fleurdelyfé que voici, tout à la fois dans les livres xylographiques imprimés en Hollande ; dans les livres fortis de la preffe de Caxton à Weftminfter ; auffi bien que dans ceux imprimés à

Paris, à Lyon, à Cologne et à Mayence, pendant la feconde moitié du quinzième fiécle et le commencement du feizième.

La tête de bœuf, la licorne, l'ancre et autres marques fi laborieufement recueillies, gravées ou lithographiées dans la plupart des ouvrages modernes qui traitent de bibliographie, se retrouvent également dans les incunables imprimés aux quatre coins de l'Europe. Ce n'eft pas tout ; il eft rare que le même livre n'ait qu'une feule marque de papier. Les livres imprimés en Hollande en ont toujours trois ou quatre, et pour peu que l'ouvrage soit volumineux, on y trouvera quelquefois jufqu'à vingt marques de papier différentes.

Cette queftion des marques du papier, soulevée par Breitkopf, continuée par La Serna-Santander, Jansen, et M. Sotheby, s'eft donc tellement embrouillée en vieilliffant qu'il eft urgent d'en faire table rase, et de la confidérer abfolument comme oifeufe ou fatale à toute inveftigation des origines typographiques.

Voilà, du moins, l'opinion qu'ofe émettre très-humblement votre dévoué serviteur,

PAPYROURGOS.

Novembre 1860.

LE RESTAURATEUR DE LIVRES.

Londres, Novembre 1860.

Si vous êtes doué, Monfieur, d'un cœur généreux et d'une âme compatiffante, vous ne refuferez pas un coin de votre publication aux doléances d'un pauvre diable que fa mauvaife deftinée a condamné à la reftauration des livres rares et curieux. En votre qualité de bibliomane, vous n'ignorez pas que l'exemplaire fouillé, maculé, lacéré d'un incunable, n'a guère plus de valeur que les productions narcotiques d'un brochurier de nos jours ; tandis que l'exemplaire du même livre fur papier fans tâche, ennobli par fon paffage dans une bibliothèque célèbre, atteint des prix fous dans une vente aux enchères. Vous n'ignorez pas non plus qu'un volume qui circule depuis trois à quatre fiécles entre des mains plus ou moins intelligentes, a dû fubir pendant cette longue période une férie de viciffitudes dont il eft difficile de se rendre compte au milieu de nos fociétés calmes, tranquilles, et polies.

L'exemplaire maculé, n'eft-ce pas l'enfant prodigue gardant les cochons, et qu'il s'agit de réintégrer au palais paternel ? n'eft-pas un Æfon dont il faut être la Médée ? l'immortel de Laputa qui demande à guérir de fes infirmités ? Oui, Monfieur, c'eft cela tout à la fois ; et malheureufement pour moi, j'ai eu l'audace de vouloir jouer le rôle peu flatté de la terrible amante de Jafon. Hélas ! hélas ! après avoir accueilli avec toute la tendreffe d'un père indulgent le fils égaré qui rentre au bercail, après avoir épuifé tous les arcanes de la chirurgie et de la médecine bibliopégique fur le vieillard qu'il s'agiffait de rendre à la jeuneffe, à la vie, combien de fois n'ai-je pas été forcé de reconnaître ma déplorable impuiffance ?

En vain, j'ai reconnu au microfcope ces cryptogames qui donnent au papier toutes les nuances de l'arc-en-ciel ; en vain, j'ai pu détruire avec un acide étendu ces reflets irifés si tenaces dans l'eau fimple ; le papier rongé au cœur par les radicules parafites ne préfentait plus affez de confiftance pour réfifter au collage, et s'en allait par lambeaux au moindre contact. Que n'ai-je pas effayé contre ces tâches d'encre ancienne à bafe de charbon ? Les acides avaient beau décolorer les fels de fer qui étaient

entrés dans la compofition de l'encre, ils reftaient impuif-
fants contre cette mince couche de matière carbonique
incorporée avec la fibre du papier !   Sans doute, il me
reftait alors la reffource du grattage ; mais, Monfieur,
quel trifte remède !

A vous dire vrai, j'aimerais mieux pour mon compte
garder fur un livre les pataraphes de quelque espiègle jou-
venceau du moyen âge, que de montrer des pages fur les-
quelles on aperçoit clairement la trace du grattoir. Avant
d'avoir acquis une expérience fuffifante, combien de fois
n'ai-je pas vu avec défefpoir l'encre attaquée par le chlore
feul fe reproduire en blanc mat fur le fond du papier
teinté par la pouffière et la fumée féculaires. J'ai reconnu
plus tard, il eft vrai, que cette reproduction en blanc s'é-
vanouiffait devant une folution d'acide oxalique ; mais je
n'en ai pas moins été pour mes tranfes mortelles ; car
cette écriture blanc mat fur fond teinté décèle immédiate-
ment non feulement une tentative de lavage, défaut grave
pour un vrai bibliomane ; mais un lavage manqué, crime
irrémiffible à fes yeux. Et les taches d'huile, Monfieur !
En voilà qui m'ont mis l'esprit à la torture, fans que je
puiffe me vanter encore d'avoir heureufement furmonté cette
difficulté. D'abord j'ai effayé l'ammoniaque, qui affaiblit
la tache affez bien dans les marges ; mais cet alcali
attaque vigoureufement l'encre d'imprimerie, sitôt qu'il
s'agit d'aborder le texte. Le favon offre les mêmes avan-
tages et le même inconvénient. L'effence de térébenthine
employée à chaud ne réuffit guère mieux, et détruit peut-
être plus énergiquement encore l'encre d'imprimerie
ancienne.

Mais tous ces embarras subjeCtifs, ne font que des
rofes, en comparaifon des défagréments objeCtifs qu'en-
traînent toutes ces tentatives heureufes ou non. Si vous
réuffiffez : l'amateur qui vous a remis fon livre après

l'avoir examiné superficiellement, fe fouvient à peine qu'il y ait eu des taches ; dans tous les cas, il s'imagine qu'un simple bain dans l'eau les a fait difparaître, et trouve exorbitant le prix que vous demandez. Si vous ne réuf-fiffez pas : malheur à vous ! malheur, trois fois malheur ! vous êtes un iconoclafte, un vandale, un miférable indigne de la communion des bibliomanes ! Quoi ! vous aviez entre les mains l'exemplaire peut-être unique d'un livre sifflé il y a trois fiécles, et votre main maladroite a donné le coup de grâce à cette vénérable preuve de la stupidité humaine ! Ah ! votre compte eft bon, Monfieur le re-ftaurateur de livres ; et vous pouvez en toute sûreté de confcience l'établir en trois points : 1ᵒ. Vous ne recevrez rien pour le temps que vous avez perdu à cette cure im-poffible. 2ᵒ. Vous devez vous eftimer heureux fi on ne vous demande pas le prix du livre que vous avez gâté. 3ᵒ. Vous pouvez chercher quelque autre occupation, car tous les bibliomanes fe tiennent de près ou de loin : un feul échec vous a rendu *tabou.*

Franchement, je vous le dis, Monfieur le Bibliomane, le métier de reftaurateur de monarchies eft mieux payé que celui de reftauratenr de livres : et je doute que jamais un de ces derniers foit nommé duc d'Albemarle. En attendant, fi vous pouvez nous communiquer quel-ques bons procédés pour réparer les volumes tachés, ma-culés ou déchirés, vous me réconcilieriez peut-être avec les livres rares et curieux que je ne touche plus qu'en tremblant.

BIBLIOPEGUS.

LES LIVRES DE FAUCONNERIE.

APRES le livre d'églife, qui était le plus recherché aux quinzième et feizième fiécles, nul autre n'était reçu avec plus de faveur dans le manoir féodal que le livre de fauconnerie.   Le plus ancien livre de ce genre forti de la preffe eft fans contredit "Le Livre de l'Art de Faulconnerie, par Guillaume Tardif, imprimé à Paris, in-fol., pour Antoine Vérard en 1492, et compofé de 41 ff. seulement, fans aucune pagination.   En mentionnant le livre fur le même fujet, publié par George Tuberville en Angleterre, Brunet[1] ne cite que l'édition de 1611, et femble ignorer qu'il en exifte une autre beaucoup plus ancienne, imprimée par Binneman pour Chr. Barker.   C'eft à celle-ci que nous empruntons la gravure fuivante qui orne les pages 128, 205 et 211 ; car elle eft répétée jusqu'a trois fois.   Cette édition[2] eft donc la première, et fe diftingue de celle de 1611 en ce que dans cette dernière, outre qu'une des gravures en bois a été omife, la gravure de la page 112 (édition de 1575) qui repréfente la reine Elizabeth chaffant à cheval, a été modifiée : on a fubftitué à la figure de la reine Elizabeth, celle de Jacques premier qui régnait lors de la publication de cette feconde édition.

Comme je n'ai pas celle-ci fous les yeux, je ferais curieux de favoir, Monfieur le Bibliomane : 1º. Si un nouveau bois a été gravé lors de cette fubftitution, ou fi l'on a feulement retouché l'ancien bois qui avait fervi à l'impreffion de la première édition ?   2º. Dans le

---

[1] Manuel du Libraire.   Paris, 1843, 8vo., vol. iv, p. 525 a.

[2] The booke of Faulconrie or Hawk-ing, for the onely delight and pleafure of all Noblemen and Gentlemen, by George Turberuile.   London, 1575, 4to.

"Booke of Hunting," qui eſt généralement rélíé avec le
"Booke of Faulconrie," et qui a dû être reproduit égale-

ment en 1611, a-t-on auſſi dans une des gravures subſtitué
la figure du roi Jacques à celle de la reine Elizabeth ?

BIBLIOPOLA.

Printed by Thomas Richards, 37, Great Queen Street, Lincoln's Inn Fields,
London : and published by Nicholas Trübner, of No. 60, Paternoster Row,
London.

www.ingramcontent.com/pod-product-compliance
Lightning Source LLC
Chambersburg PA
CBHW050812070726
47595CB00015B/3261

LA
VOIX DU PEUPLE

AUX

FUNÉRAILLES DE NAPOLÉON.

Vox populi, vox Dei.
La voix du peuple est la voix de Dieu.

PARIS,

IMPRIMERIE DE E. BRIÉRE,

RUE SAINTE-ANNE, 55.

—

1840.

LA
VOIX DU PEUPLE

AUX

FUNÉRAILLÉS DE NAPOLÉON.

I.

L'Océan, agité par les tempêtes, a roulé sur ses bords des débris de navires. La vague frémissante écume et se brise au souffle des vents. L'aquilon siffle, l'horison s'obscurcit, et dans la chapelle solitaire le matelot pieux adresse à la Vierge son humble prière pour les amis et les frères que leur devoir retient sur les mers..... C'est la saison des naufrages.

II.

Sur les remparts de Cherbourg, la ville de

guerre, un soldat invalide et mutilé lève les yeux au ciel, puis les promène avec inquiétude sur la surface des flots. Près de lui, un citoyen, ému de crainte et d'espérance, vient à toutes les heures interroger le ciel, les vents et la mer. On dirait à voir le souci de ces deux hommes, que le frère attend son frère, ou le père son fils bien aimé.

III.

Mais bientôt, le vent se calme ; une brise légère succède au souffle des tempêtes, le ciel a repris son azur, l'onde s'appaise, et les derniers rayons d'un doux soleil d'automne, se projetant au loin sur les mers, font briller comme une blanche lueur quelques voiles à l'horison. Plusieurs navires entourent une frégate qui semble leur tracer la route avec son allure rapide et guerrière. Ils approchent, et du haut des mâts se déroule la flamme tricolore. Le pavillon national a frappé les regards. Le porte-voix aux sons formidables se fait entendre. —

« Quel navire? — La *Belle-Poule*. — Commandant? — Joinville. — Que porte-t-il? — Napoléon!... »

IV.

Napoléon!... à ce nom magique, le vieux soldat se découvre et s'incline ; puis, le cœur opressé, les yeux mouillés de larmes, il crie de loin au citoyen attentif ces deux mots qu'il vient d'entendre : « Joinville et Napoléon! » et celui-ci les répète avec transport à toute la ville guerrière. Et ils courent tous sur le rivage, les citoyens et les femmes, les enfans et les vieillards ; un vertige de bonheur a exalté leurs esprits patriotiques. Ils saluent tous le jeune commandant du geste et de la voix : « Honneur et reconnaissance à Joinville! gloire immortelle à Napoléon!... »

V.

Prince! vous avez accompli un pieux devoir ; vous avez compris les vœux et les émotions de la France. En approchant de cette tombe lointaine, en vous inclinant avec respect devant ce cercueil, vous avez prouvé que vous aimiez la gloire, et que l'honneur de la patrie vous était cher. L'orgueil du prince eût été une erreur devant cette cendre sublime; votre jeune piété pour l'Empereur si long-temps proscrit a dévoilé le noble cœur d'un soldat et d'un citoyen. Joinville ! vous avez commencé votre histoire; et votre nom qui, avec l'aide de Dieu, deviendra célèbre, a grandi dès le premier jour de tout le respect que vous avez eu pour Napoléon !

Les vieux serviteurs de l'Empereur ont formé l'escorte du prince; c'est avec eux qu'il s'avance sur la plage, heureux de s'unir, pour rendre les derniers devoirs à Napoléon, à ceux qui le connurent et l'aimèrent pendant sa vie. C'est le loyal et intrépide Gourgaud, le fidèle Marchand, et Bertrand, l'ami du grand homme, Bertrand qui déposa dans les mains du roi et sur l'autel de la patrie les armes de Napoléon dont la France seule pouvait être la glorieuse héritière.

VI.

Mais voici que les populations s'agitent, et se portent en foule au-devant du cercueil. Le canon gronde, l'airain sonne, l'harmonie a commencé ses chants funèbres. Et le soldat frémit en présentant les armes à l'Empereur mort, comme si Napoléon, soulevant son suaire impérial et secouant la poussière de la tombe, allait montrer aux braves, sur la terre, le chemin des capitales de l'Europe, et, dans les cieux, l'éclatant soleil d'Austerlitz !

VII.

Il n'est plus, l'homme du destin ; mais il avait dit en expirant : « Je désire que mon corps repose un jour sur les bords de la Seine, au milieu de ce peuple français que j'ai tant aimé!... » Un roi qui connut aussi les douleurs de l'exil a voulu que s'accomplît le dernier vœu du grand homme. A son auguste voix, les haines de l'étranger se sont appaisées, les mers ont été franchies, la tombe du héros s'est ouverte, et dans ce cercueil où une religieuse piété ne cherchait plus qu'une froide poussière, Napoléon est apparu, pâle, mais tout entier, dormant d'un sommeil de vingt ans, comme si hier seulement il s'était couché sur l'oreiller funèbre, et comme s'il devait s'y réveiller aujourd'hui !

VIII.

France bien-aimée ! accueille avec transport sa dépouille mortelle. C'est pour toi que battait ce cœur jusqu'au jour qui vit s'éteindre son existence. C'est toi qu'au faîte de la puissance et dans les douleurs de l'exil, Napoléon porta toujours dans sa pensée. C'est pour toi que s'exaltait ce brûlant génie, et c'est dans tes mains qu'il eût voulu placer le sceptre du monde. Fière de son nom et parée de ses victoires, abrite sous ta robe de pourpre ces derniers restes du plus glorieux de tes enfans ; et présentant à l'univers ces cendres immortelles, dis avec le noble orgueil d'une autre Cornélie : « Celui-ci fut mon fils et mon plus bel ornement !... »

IX.

Le peuple s'empresse autour du convoi funèbre, et le nom de Napoléon s'échappe de toutes les bouches et de tous les cœurs. Ecoutez !...

Ce que l'un préfère, c'est le général Bonaparte, vainqueur de Toulon à vingt-cinq ans, et, bientôt après, général en chef de l'armée d'Italie. Les journées de Montenotte, de Lodi, de Castiglione, d'Arcole, du Tagliamento, l'occupation de Mantoue, de Milan, de Venise, de la Carinthie, le traité de Campo-Formio et l'existence de la république reconnue par l'Autriche, tous ces exploits d'un jeune homme, ne couronneraient-ils pas d'une gloire éternelle la carrière militaire d'un vieillard ?

Un autre vante l'aventureuse expédition d'Egypte, la bataille des Pyramides, la journée du Mont-Thabor, et la victoire qui effaça nos désastres dans les murs même d'Aboukir.

Celui-ci aime dans Bonaparte le consul républicain qui franchit les Alpes, triompha de l'Autriche, et reprit pour la France la Sardaigne et la Lombardie sur le champ de bataille de Marengo.

Un autre admire l'empereur Napoléon, et ses travaux législatifs, et son conseil-d'état si célèbre, et ces immortels ouvrages maritimes d'Anvers, de Flessingue, de Cherbourg; et ces passages des Alpes, monumens éternels du génie; et ces ponts, ces routes, ces canaux, ces musées dont il enrichissait la France; et ces éclatantes victoires d'Austerlitz, d'Iéna, de Friedland, de Wagram; enfin, cette imposante autorité, supérieure à celle des rois, qui enlevait et donnait à son gré des couronnes.

D'autres, plus sensibles, s'attendrissent au récit de sa fuite de l'île d'Elbe, de sa fer-

meté devant l'Europe menaçante, de la ca-
tastrophe sanglante de Waterloo, et de ce
cruel exil au-delà des mers, par lequel, sé-
paré de sa famille et du monde, le conquérant détrôné n'a pas pu même redevenir
époux et père, et goûter le bonheur du plus
obscur citoyen.

Sublime et fatale destinée! Elles ont dis-
paru les conquêtes du guerrier, mais sa
gloire nous est toujours présente. Admirons
sa grandeur, et plaignons son infortune;
car après Dieu, ce que nous devons honorer
le plus dans le monde, c'est la gloire, le génie et le malheur.

X.

Aussi, voyez devant un cercueil se presser
toutes ces renommées historiques. Quel cor-
tége que celui de ces maréchaux dont chaque nom rappelle une victoire mémorable!
Quel hôte que ce roi citoyen, recevant aux
portes du temple saint cette dépouille mortelle arrachée à l'exil par sa puissante in-

fluence ! Quel asile pour le héros que cette tombe entre Vauban et Turenne, dans ce sanctuaire guerrier élevé par le génie du grand roi, au milieu des débris vivans de nos armées, sous ces voûtes solennelles que décorent les trophées de ses victoires impériales, et où semblent écrits ses titres à l'immortalité !

XI.

Qu'est-il devenu pourtant, ce pouvoir immense qui dictait des lois aux monarques et aux nations ? Où est-il ce vaste empire qui s'étendait depuis les rives du Zuidersée jusqu'aux murailles du Vatican ? L'aigle fatigué ne franchit plus les Alpes ; les échos du Rhin ne répètent que des accens germaniques ; notre puissance et notre gloire se sont donc, avec le héros, exilées au-delà des mers ! fragilité des choses humaines ! néant des grandeurs suprêmes, êtes-vous une révélation divine ; et la France, éprouvée par le ciel, doit-elle courber son front en silence, parce

qu'elle ceignit avec trop d'orgueil, peut-être,
le diadême de l'univers?

XII.

Non! la France ne sera point humiliée.
Un prince qui connut aussi les émotions du
champ de bataille et les amères douleurs de
l'exil, un prince que nos hommages ont porté
sur le trône en l'appelant *Roi-citoyen* est
devenu le digne dépositaire de notre gloire;
par lui le drapeau tricolore, ce brillant éten-
dard des peuples, a remplacé l'antique ban-
nière des rois; cette colonne, où se lisent
en spirale nos victoires immortelles, a re-
trouvé par ses soins l'image du héros qui
semble défendre et protéger la grande Cité.
A sa voix, la Grève, purifiée par les combats
de juillet, a vu s'élever un palais pour le
peuple; l'Etoile, un Arc Triomphal pour nos
braves; la Magdeleine, un temple pour l'E-
ternel. Les Beaux-Arts ont rappelé avec
orgueil dans Versailles toutes les gloires de
la France. Ami du commerce et de l'indus-

trie, il a fait succéder à l'éclat des victoires les trésors inépuisables de la paix. Un demi-siècle de troubles et de combats s'est terminé par le règne des lois, de la justice, de la liberté politique, conquêtes moins éclatantes peut-être, mais aussi sublimes, trésors de la patrie que l'inconstance de la fortune ne saurait plus nous ravir. Ainsi la paix succède à la guerre, au conquérant le monarque pacificateur; et par le génie de son Roi, la France, toujours honorée, n'aura fait que changer de gloire.

XIII.

Et celle-ci sera solide et durable. L'éclat des victoires brille et s'éteint; les institutions de l'ordre et de la liberté sont éternelles. Les lauriers de la guerre sont mêlés de fleurs qui séduisent l'œil et qui tombent; la paix a des fruits suaves qui sont comme une nourriture éternelle pour l'intérêt, la raison et l'intelligence des nations. Le conquérant excite l'admiration des peuples; le roi constitutionnel les comble de bienfaits et les force à la reconnaissance ; heureux sous l'autorité des lois, en aimons-nous moins la patrie ? et les enfans de la France, si l'honneur l'ordonne, si le Roi les appelle, ne seront-ils pas toujours prêts au combat ?

XIV.

Oui, nous sommes les dignes héritiers de l'empire. Ses édifices, nous les avons terminés ; ses lois nous les avons améliorées. Soult, dans les conseils, Gérard, dans les combats, dirigent encore nos phalanges invincibles. Si Mortier, Masséna, Macdonald, Davoust, Lobau et tant d'autres braves ont payé leur tribut à la mort, Moncey, Oudinot, Clausel, Molitor, Excelmans, Pajol, sont debout encore, et autour de ces guerriers-modèles, se presse une génération nouvelle dont le cœur bouillonne de patriotisme et de valeur. C'est vous que j'en atteste, d'Orléans, Nemours, qui avez voulu, comme votre père, recevoir le baptême de f eu sous le drapeau tricolore, et vous aussi, jeunes et glorieuses légions de l'Afrique, Anvers, Alger, Constantine, Mazagran, ont prouvé qu'en France le courage est hériditaire dans nos princes comme dans nos soldats.

XV.

Peuple, réjouissez-vous ! car la France est toujours forte et puissante. Jamais la justice et les lois n'eurent des interprètes plus dignes, l'armée des chefs plus illustres et des soldats plus dévoués, les sciences, les arts de plus fervens adorateurs. Artistes, poètes, prenez vos lyres, et couronnez-vous de fleurs. Que les flammes des trépieds s'allument, que les trompettes sonnent, que les chants de la liberté nouvelle remplacent les vieilles hymnes de nos victoires. Que le canon retentisse, et que nos acclamations apprennent au monde si la France est ingrate envers ses héros.

XVI.

Le siècle où brille et disparaît un grand homme ressemble à un océan qu'un vaisseau magnifique a sillonné. On admirait le navire, et l'on cherche vainement sa trace. Toi, Napoléon ! tu as, dans ta marche majestueuse, traversé glorieusement l'océan de nos lumières, de nos mœurs et de nos lois ; et ta trace restera dans le siècle, comme un sillage lumineux dont il sera éternellement éclairé.

XVII.

Quand les Romains honoraient le cercueil des Césars des plus magnifiques funérailles, on les voyait convoquer au convoi funèbre les statues des empereurs, des consuls, des grands capitaines que l'illustre mort avait comptés dans sa famille. Ces augustes images semblaient sourire à la gloire de sa vie, et le prendre au seuil de ce monde pour l'introduire dans l'immortalité. Des images historiques, vénérables souvenirs du passé, vont aussi accueillir le cercueil de celui qui fut notre Empereur, et se mêler, comme aux jours des Césars, aux drapeaux conquis par ses victoires. Ne demandez point quelles sont ces statues triomphales. Les plus illustres monarques, les plus célèbres hommes d'Etat, les plus vaillans capitaines qu'ait produit la France semblent avoir compris l'importance de ce rendez-vous sublime. Les grands hommes de la patrie, voilà la famille, voilà les ancêtres de Napoléon !

XVIII.

La prière du peuple honorera sa mémoire, car son génie transcendant ne le conduisit pas à l'incrédulité. Comme Newton, Descartes, Leibnitz, Cuvier, Napoléon adorait le Dieu qui a créé le monde ; et, fidèle à la foi de ses pères, il mourut croyant à la religion de Pascal et de Fénélon.

XIX.

Oh ! si pour un moment, par un miracle

divin, se ranimait en lui une étincelle de son existence terrestre ! Si, comme l'antique Lazare, ses yeux pouvaient voir et ses oreilles entendre au fond de son cercueil impérial ! combien serait émue sa grande âme aux acclamations de cette France, sa patrie adorée !

» Napoléon ! lui dirait-elle, réveille-toi ! Les jours de l'histoire commencent, et c'est aujourd'hui que s'ouvre, devant la France heureuse et libre, l'ère de ton immortalité !

» Réveille-toi, pour voir le roi, les princes, les chambres, le peuple, l'armée, tout ce qui respire en France s'empresser autour de ton cercueil.

« Réveille-toi, pour voir nos jours de progrès nouveaux et de libertés publiques succéder à tes jours de gloire, et notre félicité s'embellir des souvenirs de ta grandeur !

Toi dont la vie fut une longue suite de victoires, et qui, à travers les nécessités impérieuses de ta destinée, avais médité pour l'avenir le règne pacifique de la justice et des lois, viens ! car les lois et la justice règnent aujourd'hui parmi nous, et le vœu de ton cœur est devenu pour la patrie une impérissable réalité ! »

Ainsi parlerait la France, heureuse de rallier le présent au passé par l'union de la victoire avec la paix, de la liberté avec la gloire. Et si, touché par le doigt de Dieu, et pour un moment vainqueur de la mort, l'Empereur pouvait lever la tête, et faire entendre sa noble voix, ces mots sortiraient de sa tombe, et seraient répétés par tous les échos de la patrie :

« Roi des Français ! grâces te soient rendues ! Tu as réalisé pour la France le dernier rêve de Napoléon ! »

FIN.